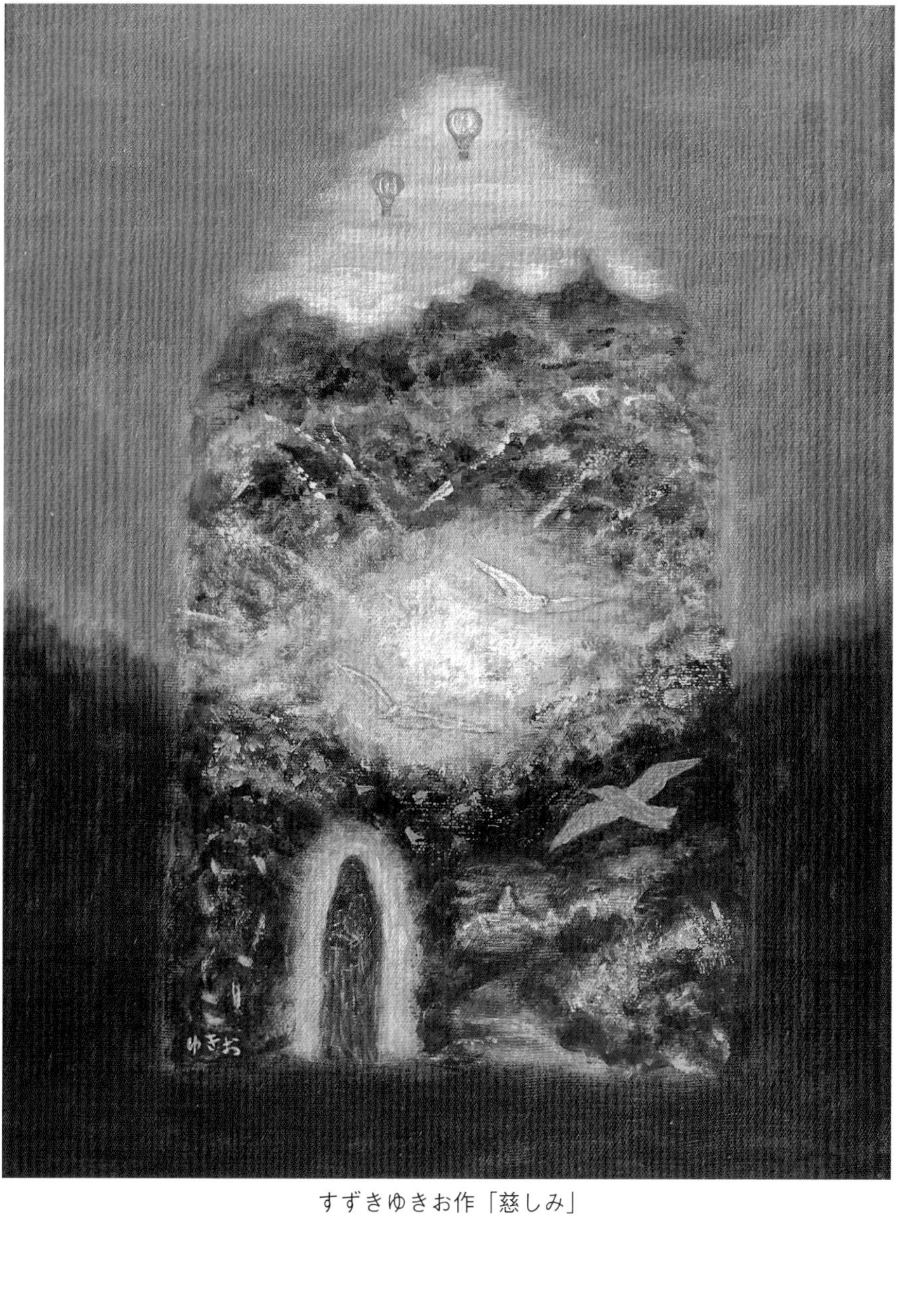

すずきゆきお作「慈しみ」

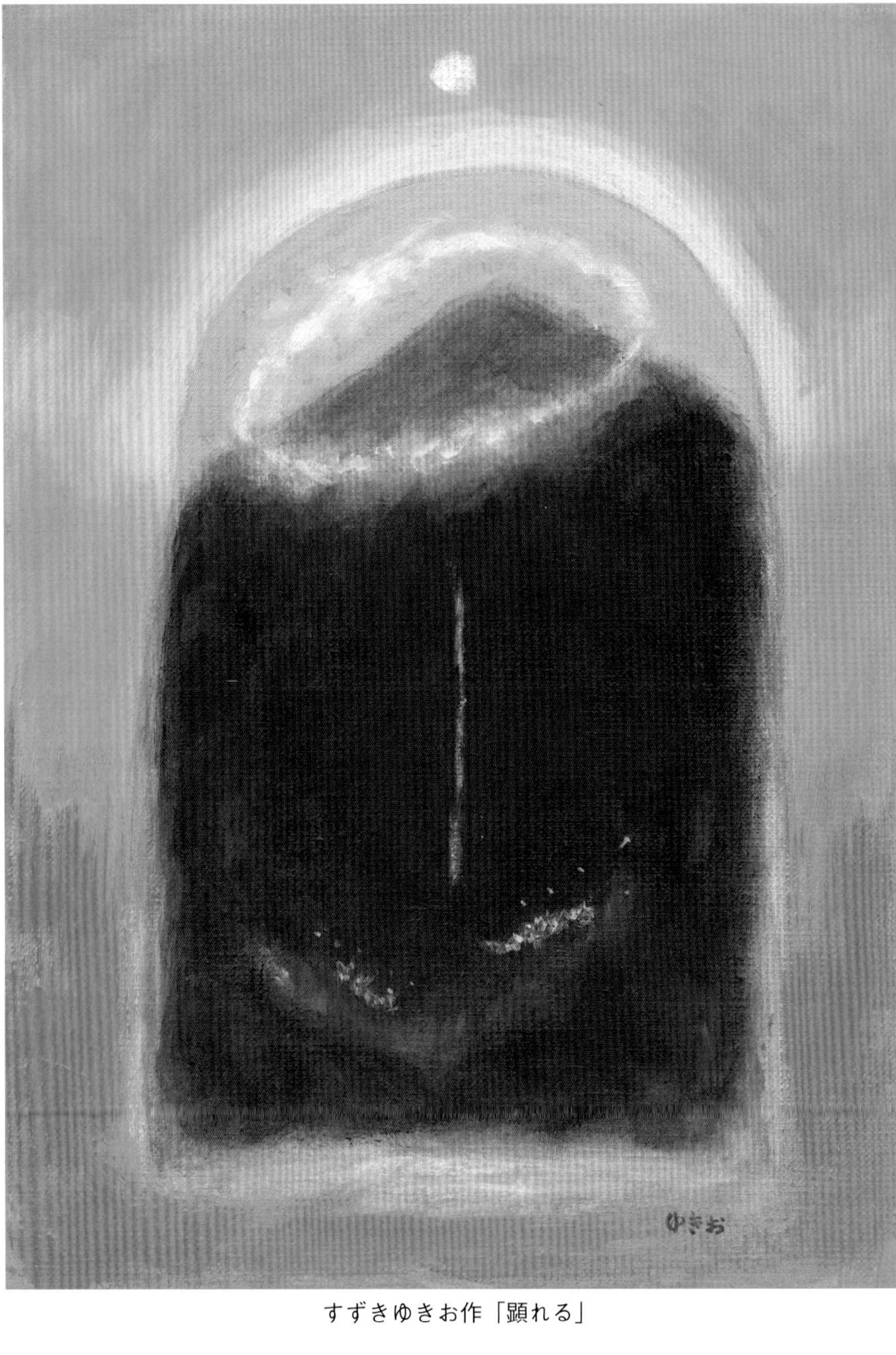

すずきゆきお作「顕れる」

詩集

原風景への道程

第二集

岡村光章
OKAMURA Mitsuaki

文芸社

詩集　原風景への道程　第二集

まえがき

「原風景への道程　第一集」は、すずきゆきお画伯の名画〝心あいの風〟との衝撃的・運命的な出会いから生まれました。

第一集のまえがきで、二つのことを預言しています。

天国に召されるまでに、第二集、第三集を出版するであろうこと。

そして、カトリックの洗礼を受ける、ということです。


令和四年四月十六日土曜、浦和教会で洗礼を受けました。主任司祭は、御前《みさき》ザビエル様、代父は大学時代の先輩であり縄文小説家の森裕行さんです。

洗礼名は、アウグスティヌス。

アウグスティヌスの名著『告白』は大学時代からの愛読書であり、最近になって読み返したりしています。


コロナ禍での洗礼だったため、今思えば、在り得ないようなことが多々ありました。

洗礼準備のための勉強は、通常、神父様が何人かを対象にして行いますが、私の場合、個人授業でした。一対一ですから質問しやすく、今思えば私の理解に応じて、内容を対応してくれていたように思います。

恵まれたことだったと思いますが、反面、私には洗礼同期と呼べる仲間がいませんでした。

洗礼を受けたのに、教会に知っている人が数人しかいない状態でした。

コロナ禍だったため、讃美歌はミサの際に歌われませんでした。

讃美歌のないミサがあたりまえのように思っていましたが、コロナ禍が終息するにつれ、詩編が歌われたり、最初から最後まで讃美歌が歌われたりして、通常のミサの在り方に接したとき、驚いてしまいました。

〝第二章　受洗以前〟は、ザビエル神父様の個人授業を受けている頃に書きました。

〝第三章　コロナ禍での洗礼と祈り〟は、もちろん洗礼を受けた後に書きました。

ザビエル神父様は、令和五年四月十日付で川口教会・草加教会に異動されました。

川口教会は、私の家から歩いて五分の距離のところにあります。

私もまた浦和教会から、川口教会に籍を移しました。

〝第四章　川口市での信仰生活〟は、川口教会に籍を移してからの詩です。

洗礼を受けてから、自分が少しずつ変わり始めています。

自然な変化と、そしてどこか意識的に変わらねば、という気持ちもあります。

悪い方向への変化ではなく、自浄作用のようなものが働いている気がします。

今年で満七十歳になりました。

八十歳までに、カトリックの詩人として最後の詩集、第三集を纏め上げたいと思っています。

令和五年夏

アウグスティヌス岡村光章

目次

第一章　若い頃の詩

昔日

蒼い　枯れた心のため息
静かな木の葉の
そこはかとなき　ざわめきの
遠い風景の地平に震える秋の日射し
りんどうの花は揺れ
小暗き御堂に暖かき陽の恵み
時は流れ　心切なくして変わらず
蒼い蒼い　枯れた心のため息

孤愁

懐かしき草々の想い
うららかな春の陽はふりそそぎ
遥かなる野辺に風はそよぐ
ひとり
何ものをも求めることなく
何ものをも与えることなく
脆き器に神酒《ネクタル》は満てり

雨　日

重たい悲しみは雨のように心を濡らす
そうして　ますます濡れようとして
雨降る外に出て
あてどもなく　さまよい歩く
遠い　曇った
地平線の森の上の
灰色の雲が流れるあたりに
金色の階段を見いだすまで

盲目の少女に聞こえるものは

盲目の少女に聞こえるものは
おごそかな　天上の音楽

苔生《む》した　大きな岩の上で
弦の切れた竪琴を
片腕に抱き
力なく
ひそやかに花開くように
まどろんでいる
盲目の少女に聞こえるものは
おごそかな　天上の音楽

嬉しい夢を見るかのよう……
『……天使たちのラッパは響き渡り
金色の花弁は空に舞い
青い天蓋に霊気は漂う……
足取り軽い
妖精《ニンフ》のように
柔らかな風にのり
少女は軽やかに宙に舞う……』
盲目の少女に聞こえるものは
おごそかな　天上の音楽
神和《かみわ》する
至高の調べ

短詩四連作

㈠

詩は滴り落ちるもの
震える霊の葉先から
光を受けた
露の一滴が落ちるように

㈡

神は光であり
神は愛であり
神は言葉であり
神は真理であり

㈢

神に向かう
静寂の天秤は
霞の重さにすら
揺らいでしまう

㈣

透き通った朝露の卵からかえった天使たちは
幾条《いくすじ》かの金色の光を放ちながら
神の香匂う葉陰の世界に
ひそやかな羽の音《ね》たてている

第二章　受洗以前

二枚の油絵の思い出

最初に描いた
油絵のことは
よく覚えていない

ただ絵の一部に
白く輝く十字架が
在ったことだけを覚えている

父は暗い絵だと眉をひそめたが
弟は、「すごくいい！」と
真顔で褒めてくれた

二枚目の油絵は
河川敷に建っている鋳物工場の絵だった
暗い憂愁が漂う絵だった

高校の頃の唯一の友だちが
「これ、くれ!」と言ったので
あげてしまった

老後、絵を描くつもりはない
同じことを詩で表現しようと
思っている

醜いアヒルの子

幾つになっても
溶け込めなかった
みんな笑っているのに
作り笑いしかできない

浮いていた自分
どこか違ってしまっている
個性的ということではない
世間の標準から外れていた

辛《つら》い日々だった
友だちができなかった
友だちができても
同じ病を持つ者だけだった

でも、今は
心の背中に白くて大きな翼が生えて
一瞬
神さまの世界を飛翔している

「慈しみ」（すずきゆきお画伯作）に寄せて

※口絵1ページ参照

ゲーテの『ファウスト』の最終項、神秘の合唱に曰く
〝永遠にして女性的なるもの
われらを引きて昇らしむ〟

聖母マリアか、慈母観音か
画面下部に
うつむき加減の女性が立っている

権力闘争の繰り返しに
明るい未来はない
しかし、人類は無限に繰り返している

太古の昔から
今に至るまで
どこの地域でも国でもそれは変わらない

救いをもたらすのは
永遠にして女性的なるものかと
この絵は暗示している

明るくて暖かくて静かな空間に
爽やかな風が吹き
希望の気球が大空を漂う

人類の泉

聖書の世界を旅していると
人類と世界の原点にいるかのような
錯覚に襲われる

あらゆる民族
あらゆる国々
あらゆる文明の相違を乗り越えて
人類の泉のようなものがある

難解なロジャース[*]の十九の命題が
そのことを暗示している
しかし、まだ暗くしか見えない

心が澄み切れば
仄かに感じられる
遠い秘密の花園の香りのように

瞑想の果てに
それは
しっかりと感じ取れるのだろうか

人類の泉の存在は
果てない夢のよう
しかし
その存在を伝えたい

＊カール・ロジャース。現象学に立脚した理論、心理療法ばかりでなく、政治、経済、哲学にも応用可能。

天使と悪魔

天使は
大きな真っ白い翼をつけて
美と愛の世界に
いざなってくれる

悪魔は自由闊達に振る舞い
耳まで裂けた大口で
あらぬことを
喚き散らしている

救い主、キリストは

悪魔を追い払ってくれるが
悪魔は死に絶えることはない
この世での悪魔との闘争は果てることがない

キリストの存在に
ずっと気付かなかった
でも、いつも傍《そば》にいてくれていた
我が身に宿る聖霊と響き合い
信仰の道を示してくれている

洗礼の日は近い
神さまとの契りを
確かなものにしたい

朝の二つの習慣

朝早く目が覚めると
洗顔した後、書斎に籠もり
聖書の世界へとゆっくりと入り込んでいく

フランシスコ会の注解付き聖書を
地図を見ながら、注を必ず読み
数千年前の世界をゆっくりと旅している

何かしら神聖なものに心洗われ
魂は落ち着き場所を
見いだしている

朝食の後
仏壇の水とお茶を新しくし
線香を上げ合掌している

真言宗智山派ゆえ本尊は大日如来
父と母と先祖代々、位牌は三つ
祖先の霊と向き合っている

植村先生[*]によれば
高野山の僧侶でありながら
カトリックの洗礼を受けた方がおられるそう

毎朝の二つの習慣を
自然なことのように
矛盾なく受け入れている

＊「生き甲斐の心理学」の創始者。心理療法家。作者とは師弟関係であり、長年の信頼感がある。

青い蝋の十字架

通っていた小学校の傍に
カトリックの教会があった

夢の世界では
墓場が併設されていて
蝋でできた小さくて青い十字架がたくさんあった

立ち入り禁止なのに
踏み込んでしまって
青い十字架がぐにゃぐにゃとどんどん倒れていく

怖かった
自覚がないのに悪いことをした
熱く赤い地獄が地下から出現した
落ちるかもしれない

必死で家に帰ろうとした
優しい両親が突如現れて
救われた

その日以降
眠らないように努力したことを
今でも覚えている

小学校三年生の時だった

「顕れる」（すずきゆきお画伯作）に寄せて

※口絵2ページ参照

濃緑の山の裂け目から
急峻な崖を細く鋭く長く
滝の水が落下してゆく
滝壺の仄暗い空間に
色とりどりの小さな花々が
遠慮がちに咲いている

山のいただきを
円環と化した柔らかい雲が
一巡りしている

大空の彼方は
黄金色に輝き
天上の世界が招いている

神さまの学校

洗礼によって
神さまの学校に入学する
聖徒の交わりを期待している

まだ受験勉強している
でも、神さまは優しくしてくれている
愛で充たしてくれている

アウグスティヌスのように

若い頃から
ずっと神さまと向き合っていたはずなのに
何故か地面ばかり見つめていた
ずいぶん損したなぁ、と思う

顔を上げて
神さまと向き合って
感謝と祈りを捧げたい

ようやく
素直になれた
不思議なくらい心が明るい

潤い

聖霊に充たされて
キリストを友とし
神さまの暖かくて明るい愛に包まれながら
日々の生活を送りたい

朝起きて
「主の祈り」を唱えて
信仰の世界に入っていく

聖書を静かに読み
聖書の世界を旅して
遥かに、でも身近に
三位一体の神さまを感じている

時間を創った神さまの世界は
一瞬が永遠
永遠は
過去と現在と未来の総和ではない

真の勇者

均衡を失えば
無底の深淵に墜落する
そこには狂気と死が渦巻いている

光が仄見えている
キリストが
松明をかざして招いてくれている

信仰は勇気をもたらす
負けてはならない
逃げてはならない

「心を尽くし、精神を尽くし、思いを尽くして、
あなたの神である主を愛しなさい。」
「隣人を自分のように愛しなさい。」

この二つの掟を守らなければならない
洗礼を受ける前も後も
未来永劫、守らなければならない

アウグスティヌスの『詩篇講解』によれば
この二つの掟を守る者の魂には自由な翼が生える
無底の深淵を飛翔し、主の御許に飛んでいく

新たな世界の始まりである

預言の成就

帰ろうとしている
帰ろうとしている
眩しいくらいに明るい世界に
帰ろうとしている

帰ろうとしている
帰ろうとしている
主の御許に
帰ろうとしている

『神に向かう静寂の天秤は
霞の重さにすら揺らいでしまう』
若い頃の詩だ
今は違う

しっかりとした足取りで
ぐらつかずに
神に向かう位置を定め
帰ろうとしている

雅歌讃歌

至高の甘美をそなえた神よ
穢れを振り払い
禊を受け
汝に向かい合いたい

幼子のような
しかし知性を伴う魂を持つ者のみに
純粋な真っ白い空間の向こうに
汝が仄見える

至高の甘美をそなえた神よ
確かに
愛は
死のように強い

そこに至るには
全身全霊の汝への愛と
隣人愛を実現しないと
狭き門をくぐることはできない

第三章　コロナ禍での洗礼と祈り

遠い夢の顔

家を
建て直した
夢を見た

凛とした
貴族の令嬢のような
女性が棲んでいる

遠い夢に登場する
かつて見たことがあるような
ないような

複雑で深い表情をしている
美しく、賢く
目が覚めて思い出せない

ああ、そこには
凝縮した全てがあり
あの女性に表出している

神をもつ者

『神に向かう
静寂の天秤は
霞の重さにすら
揺らいでしまう』

若い頃の詩である
それでも
神に向かう一瞬があった

老齢になって
約五十年の歳月が流れて
ようやく洗礼を受けた

教会で、書斎で
静かな決意を秘めて
神さまに向かおうとしている

「久しぶりでした」と
こっちは申し訳なく思っているのに
神さまは、にこにこして
「いつも見ていたよ」
と、言ってくださる

涙で心象風景が霞んでしまう
まるで
放蕩息子の帰還のようである

空海とキリスト

四国のお遍路を歩く人は
時に空海さんが
いつも連れ添ってくれている
実感を覚えるそう

それって
キリストが
いつも傍にいてくれているのと
すごく似ている

空海さんは

高野山の金剛峯寺で
食事をしたりして
ずっと生きている

キリストは
復活して
素直に心の窓を開けば
いつも傍にいてくれている

同じなのかなって思ってしまう
不思議と不自然に感じない
日本人ならそれでいい
心と魂に従っている

一筋の信仰

若い頃
一瞬
あなたさまは私に訪れました
爾来
人生の地中奥深く
私には貫かれるものがありました

洗礼を受けて
今度は、私の方から
あなたさまに
忍び寄ろうとしています

私は幸せ者です
ようやく、あらゆる仮面を剥いで
あなたさまと
向き合おうとしております

白痴

馬鹿にされても
気付くことなく、いつもニコニコして
嘲られ、物笑いの種となる

利害得失に疎くて
でも
利用される危険にだけは敏感だった

もっとも
世事に疎いから
利用価値がそもそも無きに等しかった

亡き父から
おおらかさを失うなよと
たびたび言われた

父なる神も
同じことを
言ってくれそうである

妻のこと

どんなことがあっても
傍にいたい
傍にいなければならない

つがいの鳥が
空に羽ばたくように
いつ、いかなる時にでも
ふたりで一緒にいたい

何気ない日常の繰り返しは
同じようでいて
同じではない

積み重なった日常の地層の奥深く
宝石が一つ
きらりと光っている

神さまの愛

植村先生は、かつて
「岡村さんは、神さまにすごく愛されている」
とおっしゃった

最初は、「本当かな？」
と疑問に思ってしまった
でも、最近は
「そうかもしれない」と思ってしまう

洗礼を受けて
神さまに素直になって
愛そのものである神さまは
私を包み込んでくれている

ありがとう
罪深くて、愛に拙い、こんな私でも
生かしてくれて、愛してくれて
ありがとうございます

巨大てるてる坊主

娘の結婚式
メインの行事の一つは
屋外で催される

晴天になることを願い
新聞紙を丸めて
真っ白で大きなティシャツでくるんで
巨大てるてる坊主を作った

カーテンレールに吊るして
写真を撮って
娘にメールで送った

結婚式当日
見事な晴天だった

巨大てるてる坊主に込めた祈りが
神さまに
届いたのかもしれない

再生

毎朝毎晩
三度十字を切り
主の祈りを唱える

約五分間
じっと祈り続ける
主に近づくかのよう

フラ・アンジェリコの聖画を前にして
内面に爽やかな風が吹き
少し明るく
少し暖かになる

徐々に
変わりつつある
受洗以降
私は変わり始めている

決　意

詩風が変わったと
友が言う

より純粋に
より澄み渡って
洗礼前とは違ってきたと言う

やっぱり近づきつつある
神さまの世界に
一歩踏み出した

そうであれば
すごく嬉しい
でも、そうであるからこそ
何かを始めなければならない

北海道旅行

駆ける、駆ける
元気な四歳の孫が
北海道の大草原を
思いっきり、駆ける、駆ける

父親に負けまいと
真剣な顔で
駆ける、駆ける
それでも追いつけない

勝つか
引き分けるか
負けると
泣きかねない

それでも
駆ける、駆ける
元気のかたまりのよう
老骨に鞭打つことなく、見ているだけで幸せ

身代わり

私は幸せでした
だから
私より若い妻を
先に招いたりしないでください

私は充分に生きました
でも、妻は
決してそうとは言えない
もっと、人生を楽しんでほしい、味わってほしい

私は、もういいです
疲れました
でも、自死するわけにはいかず
あなた様を歌おうとしています

そんな使命より
どうか妻を助けてください
私より若い妻を
先に招いたりしないでください

都会の空

書斎の窓から
見える自然は
空のみ

それでも
同じであることは
無い

日々、姿を変え
変幻自在の
姿を見せてくれる

やっぱり
神さまが画家
素直に嬉しくてたまらない

最高だよ
神さま
空はいつでも美しい

聖域の訪れ

忌まわしい思い出が
大群となって
押し寄せてくる

心にこびりついて
離れない
毎晩、うなされている

十字を三度切り
主の祈りを唱える

目をつむり
まぶたの裏に見ようとする
聖域を見つけようとする

瞬時、わずかに光り輝く世界

まどろみ
安堵のうちに
眠りに落ちる

理解者

私の詩の理解者は
わずかに八人

理解者のうちの一人が
膵臓癌のステージ４であることを知らされたとき
私は号泣した

数少ない

私の詩の理解者の命が危うい
妻は号泣する私を見て
自分が理解者でないことを
真剣に告白した

そのことは
むしろ、私にとって
救いだった
いっしょに生涯いられると思った

既視感

若い頃
西洋美術館の名画全てが
既に見たことがあるように思えた

時代を超え
場所を超え
全て、かつて見た気がする

何処に立っていたのだろう
内面の奥深く
孤独に沈潜するあまり
世間から遠く離れていた

あの空間を
いつの間にか失ってしまっていた
しかし、今は
取り戻せそうな予感がしている

世間からの離脱

世間に埋没している人々
個性の美があるのに
関心が向かない
世間に合わせよう　合わせようとしている

世間へのアンテナばかりが
ビリビリしていて
肝心の
自分は何処へやら

それでも自由を標榜する国、日本
悪意に満ちたネット空間は
デジタル世間
正しい個性の目覚めとは程遠い

竹林の清談がやはり心地よい
自己実現に向かい
個性の美が輝いている
やはり、そこに安住してしまう

三位一体

主なる神さまは
あなたさまは、現代において
ずいぶん遠のいています
それゆえ虚無がはびこります

キリストは遍在しています
奇跡的に、あなたを見る人がいます
苦しい場面で、思わぬ場面で
あなたは存在を主張します

聖霊は
私たちの体内に宿っています
神秘の七つの賜物により
神の国への旅路を助けます

キリストは救いをもたらします
あなたにすがって生きるしかありません
でも、見えなくても私は幸せです
あなたは傍にいてくれるのですから

雲の在る風景 ― 心の第一領域は感謝と満足の世界 ―

雲をじっと見ている
ゆったりとした
書斎の椅子で寛ぎながら
雲をじっと見ている

早朝
道行く人は、疎《まば》ら
鳥が一羽
青い空を横切る

大きく分厚い雲が
せり出し始めている
神さまは、一番大きな刷毛を
使ったのかな？

雲の向こうの隙間に
青空が広がっている
涼やかな、楽しい、たくさんの思い出
ありがとう

上野公園は第二の故郷

上野公園に在る
公務員宿舎に
十年、住んでいた

西洋美術館の名画は
繰り返し鑑賞した
何度も何度も見ているうちに
名画は何かを語りかけてくる

付き合いが長いもののみに
古くからの友人が
理解を示すように
諭してくれるように

上野公園の森、自然、美術館などが
心の故郷
昔も今も
懐かしい幸せを運んでくれる

詩編を読む

詩編は
詩人としての立ち位置を明確にし
詩を書く足場を堅牢なものにしてくれる

神さまは、はっきりといらっしゃる
神さまの顔は
見えない、永遠に見えない

でも、感じとれる
感性がつかまえている
魂が共鳴している、鳴り響く聖堂の鐘
知性は、むしろ後からついてくる

焦る必要はない
毎朝、詩編をじっくり読み
人類の深い詩想の泉に、至り着きたい
神さまは、微笑んでる

義理の息子

妹が結婚相手を
我が家に連れてきたとき
父は
家業である薬屋の物陰に隠れてしまった
娘と居酒屋で飲んでいたら
結婚の約束をした彼氏の存在を知り

早く会いたいと娘に言った
父と真逆である

娘の彼氏は
スポーツ好きの体格のいい青年だった
一見、私とはまるで似ていない

でも、性格がどこかよく似ている
すごく嬉しくなったことを
よく覚えている

娘の成長の証し

五歳の頃、描いた
青い象さんの絵
「星の王子さま」に出てくる
布をかぶった象さんにどこか似ている
鋸山に家族で登ったときの思い出が
大きな画用紙に描かれている

間抜けな父さん、音痴な父さん
笑い声が聞こえてくるようだ

大量のスケッチブック
学校の通信簿、作文……
宝物がざくざく出てくる

どうやって整理すればよいのか
思い出がぎっしり詰まっていて
ほんとに悩ましい

宝物

家族が一番大事
誰も同じだろう
家族なら、悲しいことも、苦しいことも
何もかも共有できる

少なくとも共有しようとする
人類皆家族、兄弟

宣伝文句のような、この言葉も
本当なら素晴らしい

家庭内暴力があっても
稀だろう
でも、そんな風景が消えることはない

ロシアがウクライナに侵攻した
同じスラブ民族でありながら……
チャイコフスキーの交響曲が心に沁みる

妻との闘争

孫と戯れているとき
妻は眩しく笑う
今まで見たことのない
満面の笑みを浮かべる

ふたりで
孫を寝かしつけようとしていたとき
突然、強い地震が起こった

妻は素早く
孫の体に覆いかぶさるようにして
犠牲となって
孫を落下物から守ろうとした

一瞬の対応だった
私は座したままだった
負けたな、と思ってしまった

原点回帰

何で今更
戻らなければならない？
でも、築き上げてきた地位も名誉も
無力になってしまっている

そんなもの
神さまは褒めてくれないよ
そんなことより
どれだけ隣人を愛したんだい？

苦しめ！　苦しめ！
少しも充分じゃないんだよ
どうして、もっと
神さまのことを見なかったんだ？

神さまは少し怒っている
でも、認めてくれている
これからでいいよ
と言ってくれている

雲の上の世界

「原風景への道程　第一集」に収載した〝絶望からの逃走〟に登場した美の女神は、聖母マリアだったのではないか、とこの頃思います。

若い頃
夢で一瞬見た
純白の世界

暖かい光に包まれ

闇というものが無い
美の女神が微笑んでいる

絶対自由の王国だったのか
幸せだった
揺らぎようのない美しさ

忘れることなどできない美しさ
それだけで生きていられる
でも、伝えなければならない
それが使命なのだと思う

細　波（一）

まだまだ澄み切っていない
洗礼を受けて
魂が揺れている

魂の大海原に細波が立っている
まだまだ澄み切っていない
でも、もっと明るい世界が見えつつある

澄み切って
足場がしっかりすれば
新たな生活が始まる

いや、もう既に澄み切っているのか
澄み切ったら
魂の世界の透明度が高くなる

細　波（二）

透明度が窮まったとき
天国に召される
しかし、まだずっと先である

打ち震える魂は
やがて鼓動を止めて
神さまの前でぬかずく

もっと光を
聖徒が集まる教会
聖人たちが暮らしていた教会

もっと光を
早朝の空は
澄み切っている

細　波㈢

大海原は
自由の象徴
漂泊の旅が始まる

千切れそうになる
日常から乖離している
それでも、行かなければならないのか

若い頃から分かっていた
でも、拒否し続けていた
千切れそうになる

教会が繋ぎとめてくれるのだろうか
教会は聖と俗とを調和させるのだろうか
分からない

聖と俗

家族との旅行が好きである
一人旅は、若い頃の家出以外したことがない
家族との旅行には
至福の時が流れる

歌うことが好きである
コロナ禍前は
週に一度
カラオケスナックに通っていた

ドボルザークの「家路」を
ピアノ教室で弾き語りしている
将来はドイツリートを
弾き語りしたい

それでも
旅立つのか
両立し得ないのか
両立させたい

フランス革命

革命の理念、「自由、平等、博愛」
人類普遍の美しい理想である
実現困難な遠大な理想である

それでも、歩みを止めてはならない
パンを求めた群衆の行進のように
歩みを止めてはならない

独裁者が蔓延《はびこ》っている
かつての王朝に代わって、専制国家が散見している
世界制覇の果てに何があるのだろうか

権力への意志は力の源泉?
ただし、一つ間違えば
人類は滅亡する

第二の人生の原点

酷いことばかりしてきました
信仰生活が深まれば深まるほど
自分自身の醜さ、罪深さが
じわじわと沁み出てきています

傷つけ、踏みつけ、嘲り
時には、捨ててしまう
高ぶる心のままに有頂天になっている

何という愚かさ！

高ぶる心からは何も生まれない
神さまの前では無力
恥ずかしさで
顔を覆いたくなる

洗礼後の第二の人生の始まりなのか
赦しの秘跡の意義が
ようやく
分かりかけている

歌

ドボルザークの「家路」を
ピアノで弾き語りしている
しみじみとした感情に襲われる
故郷を離れた者の郷愁を歌っている

吟遊詩人は荒野を放浪し
町や村の街角で
歌い、竪琴を奏でていた
夢のような、ほのぼのとした空想である

憧れの漂泊の旅は
もう既に始まっている
神さまの世界への
帰還の旅は、もう既に始まっている

人生そのものが旅なのだろうか
神さまの世界から生まれ出て
神さまの世界に帰ってゆく
永遠に繰り返されている

ピアノレッスン

六十九歳の秋から
ピアノ教室に通い始めた
詩と音楽は相性が良さそう

簡単な曲をたくさん弾くことが
上達の秘訣だそうである
小学校の頃、習った曲を
毎日毎日、たくさん弾いている

努力は裏切らない
でも、高すぎる目標ゆえに
挫折を味わったことがあった

そのとき
支えてくれた家族や友人たち
感謝の気持ちで
胸がいっぱいになる

年輪

黒光りするような
歳の取り方
熟成するがゆえの味わい深さ

でも、少年のように
ひらひらと舞う蝶々を
生涯、追いかけていたい

自然をとおして
神さまと出会える
自然が教えてくれたのではなかったか

永遠の生命の力を
キリストの愛と救いを
洗礼を受けて、魂の目のくすみが
とれつつあるよう

囁き

聖霊の働きは
後から分かるのだそうである
先輩の聖徒たちは
皆、そう言う

若い頃
*曲がったものを真っ直ぐにしてくれたのは
聖霊の働きだった

それなのに
洗礼を受けないままに
長い歳月を過ごしてしまった

後悔しても仕方ない
過去は変わらない
でも、幸せだった
ありがとう、神さま

＊「ルカによる福音書」第三章第五節〝また、曲がったものは直ぐされ、〟

顕れ

神さまの世界から来て
神さまの世界に帰る
永く繰り返されてきた
人間の一生である

自然と芸術と夢が
神さまの世界を
垣間見させる

一輪の花と
小鳥の囀りは
神さまの世界の
最も純粋な顕れである

詩人は松明を灯して
暗闇の世界に光をもたらそうとしている
神さまの世界を詩一篇一篇で伝えようとしている

転換点

悪魔が取り付いていているような
醜悪な思い出を
たくさん語るのは
もう止《や》めにしよう

誰も喜ばない
重い暗闇は
心と魂の奥底に
厳重に閉じ込めてしまおう

悪魔について語ることは
悪魔の味方になってしまうことに
なりかねない
そんな策謀にのるわけにはいかない

神さまの世界を思わせる美しい世界を
人々の愛に溢れた世界を
語り、顕し、詩として表現し
多くの隣人を喜ばせよう

聖　歌

コロナ禍で
ミサで讃美歌を聴いたことがなかった

今は入祭唱だけでなく
詩編を見事に歌ってくれている
美しいソプラノが聖堂に響き渡る

詩と音楽は相性がいい
詩に伴う韻律が

絶妙の調和を保ちつつ
神々しい美をもたらす

バッハの教会カンタータを
書斎で聴いている
神さまの世界への賛美が
素直に歌われている

音楽が教会では誰に対しても堂々と
書斎では
天上の花園を逍遥するような
楽しみとなっている

述懐

若い頃
聖霊の導きがあった
曲がったものを真っ直ぐにされた
わずかばかりの光が見えた

神さまとの出会いとの
一瞬だったように思う
その一瞬から
私のほんとうの人生が始まった

その後は忘れ去られた
でも、地中奥深く脈々と
人生の地層奥深く
聖水は流れていた

洗礼を受けて
光はいっそう確かなものになりつつある
ありがとう　神さま
ひたすら感謝しています

これからのこと

どこか高みにいます
でも、見下ろしてはいけない
イエスは
そんなことは嫌いです

もっと、へりくだって
もっと、膝を交えて
多くの人と接してみよう
イエスは微笑んでいます

これからは
人と争わない
仲良くあることを
第一とする

高ぶらない
恐れない
焦らない
御心のままに生きよう

友だちとしてのイエス

イエスは救いをもたらすために
この世にやってきた
イエスがいなかったら
私は成り立たない

ともにいてください
あなたがいるから
私がいます

でも、何をすればいいのか
自分で考えなくてはいけません
自分で行動しなくてはいけません

あなたがいるかぎり
私は、だいじょうぶ、です
迷うことなく
前に進めます

運命

私は、多分
この世の世界の住人ではないので
疲れます
魂が疲労しています

遂に気付いてしまった
でも、それがゆえに
為さねばならないことが
多くあります

夢中で生きて働いて
いろいろな欲にまみれていた頃は
むしろ
幸せだった

でも、澄み切れば澄み切るほど
透明度が増せば増すほど
神さまの世界が近くなります
死の誘惑に負けないように

三位一体㈠

白い椿の花が
一輪
食卓に飾られている

花びらは
透き通るよう
早春の訪れを告げている

じっと見ていると
造化の神さまの
巧みを感じる

日常のなかに
そっと神秘を感じる
ありがとう
神さま

三位一体㈡

イエスに会いたい
いつも共にいてくださると
感じはするが
直接、イエスに会いたい

福音書を読めば
イエスが
立ち顕れてくる

イエスのことばは
心の地獄から、私を
救ってくれる

イエスに感謝したい
イエスに会いたい
イエスにお礼を言いたい

三位一体㈢

聖霊と風は
ギリシア語では
ともにプネウマ

聖霊の導きが
今思えば
人生を豊かにしてくれた

生涯にわたって
風は吹いていたのだろうか
おおむね順風、でも
逆風あり、つむじ風あり

今は凪いでいる
七十歳の今
静かに過去を振り返り
聖霊に感謝の祈りを捧げている

第四章　川口市での信仰生活

川口カトリック教会への移籍

近所の人に会いたくない、という気持ちから
少し遠めの浦和教会で洗礼を受けた
ところが洗礼を受けて約一年
気持ちは真逆な方向に変貌を遂げている

教会で近所の人と聖徒として交わり
また、教会を通じて
ボランティア活動をすることを望んでいる

隣人愛の実践は難しい
しかし、何か行動しないと
祈るだけではイエスは喜ばれない

洗礼の恵みによって
出会う全ての人々に心を開き
隣人愛の実現に向かいたい

書斎での祈り

窓辺に
フラ・アンジェリコのキリストの聖画と
聖母子像を配置した
窓の向こうに川口カトリック教会がある

静謐な
祈りの空間の
演出である

ゆったりとした椅子で寛ぎながら
窓の外に広がる
広大な空と雲に
時には神さまを感じている

時には背筋を伸ばして
十字を何度も切り
永く祈りを捧げている

変わらないということ

ボランティア活動は
貧しい人への炊き出しと
外国人に対する日本語教育

五歳のとき
大型台風の襲来により、我が家は床上浸水した
何日も苦しい生活が続いた
食べる物にも事欠いた

亡き父によれば
真っ先に炊き出しを行ったのは
川口カトリック教会だった

昔も今も変わることなく
炊き出しを行っている
六十五年の歳月を経ているのに
変わらない、心に沁みる

本書に寄せて

カトリック川口教会・草加教会
御前《みさき》ザビエル神父

聖書の中に、詩についての説明的なことばがほとんどないと言っても過言ではないが、詩的な個所が、特に一五〇編の詩編にとても豊かです。たとえば詩編四十五編のはじめに、「麗しいことばに高鳴る心で、わたしは王に、この歌をささげる。もの書く筆のはずみのように、ことばは口に流れ出る」とあります。詩人のアウグスティヌス岡村光章さんが信仰の恵みをいただいて書かれた「原風景への道程　第二集」の後書きを書くことに当たって、この詩編四十五のことばを思い出しました。まさに、「王に、この歌をささげる」ことをされました。王と言ったら、愛をもってすべてを見守ってくださり、生きておられる神です。

聖書とは、読む、もしくは、朗読する書物になる前に、神と深く出会ったヘブライ人たちは、一日の労働を終えて、心静かに、歌を交えながら、語った物語です。活字ができる前に、人間は動物の鳴き声をはるかに超えて、感じているさまざまな事柄、感情、計画、思想などについて語ります。聖書のはじめの書物である創世記に有名な「バベルの塔」の物語が、一つの大事な方向付けを示してくださる。命をいただいたばかりの人間たちは、神に等しくなる誘惑に負けて、天まで昇って行けるような塔を造ろうと考えました。神は、争いと競争だけしかもたらさないこの人間的な計画が進まないように、故郷の違う人間で、分からないさまざまな言語で話せるようにしてくださいました。神が下された罰のように理解しがちですが、罰ではなく、人間の社会において、皆一つの言語、一つの文化、一つの暮らしになれば、多様性のない単調な世界にならないような救いの始まりです。一致を求めていく人間になる使命を感じて、救われます。

その時から、神のお陰で、人間は、いろいろな思想、価値観、文化、詩、歌などにおいて、違う表現を使って、人間を豊かにしていく交わりに生きられますようになりつつあります。本能に従って生きる動物をはるかに超えて、人間は自由意志をもって、たえず、心が安らぎを得られるまで自分を満たしてくださるお方を探しています。岡村光章さんが洗礼名として選んだアウグスティヌスの教父が教えるように、「神は風を備える、だが人が帆をあげなければならない。」「人間は、あなたの取るに足らぬ被造物でありながら、あなたをたたえようと欲する。［…］あなたは、わたしたちをあなたに向けて造られ、わたしたちの心は、あなたのうちに安らうまでは安んじないからである。」

神さまに向けて造られた人間は、信仰の世界に目を開かれたとたん、すべての神秘を悟るわけではありません。マタイの福音書七章七～十一節にある主イエスのことばどおり、絶えず探し求める心を持つように促されています。「求めなさい。そうすれば、与えられる。探しなさい。そうすれば、見つかる。門をたたきなさい。そうすれば、開かれる。だれでも、求める者は受け、探す者は見つけ、門をたたく者には開かれる。あなたがたのだれが、パンを欲しがる自分の子供に、石を与えるだろうか。魚を欲しがるのに、蛇を与えるだろうか。このように、あなたがたは悪い者でありながらも、自分の子供には良い物を与えることを知っている。まして、あなたがたの天の父は、求める者に良い物をくださるにちがいない。」

「天の父は、求める者に良い物をくださる」と教えられた主イエスに信頼して、神からの良い物、すなわち、愛、喜び、平和、寛容、誠実、柔和などです。アウグスティヌス岡村光章さんが書いてくださった詩を読み味わいながら、読者が豊かな実りをいただき、生きる環境が意義のあるものとなりますようにお祈りを申し上げます。

著者プロフィール

岡村 光章（おかむら みつあき）

1953年生まれ。

埼玉県川口市出身。

慶應義塾大学経済学部卒業後、国立国会図書館に入館、退職後、立正大学文学部特任教授として図書館情報学関係で教鞭を取る。2017年退職。

植村高雄氏が主宰するユースフルライフ研究所に所属。NPO法人CULLカリタスカウンセリング学会講座生。

2022年４月16日、浦和カトリック教会で受洗。

主な論文等
「国立国会図書館聖書目録」（『参考書誌研究』　国立国会図書館　1988）
「新たな一歩を踏み出す関西館―草創期から飛躍・成長へ―」
（『国立国会図書館月報』　国立国会図書館　2007）
「米国連邦緊急事態管理庁（FEMA）と我が国防災体制の比較論」
（『レファレンス』　国立国会図書館　2012）
「米英両国と制度比較に基づく我が国の地域防災力の課題について」
（『レファレンス』　国立国会図書館　2012）
「戦後の図書館と公文書館」（『図書館雑誌』　日本図書館協会　2014）
「インターネット普及下における灰色文献の再定義と今後の課題」
（『立正大学図書館司書課程年報』　立正大学　2017）

著書
『詩集　原風景への道程　第一集』（文芸社　2021年）

詩集　原風景への道程　第二集

2023年12月15日　初版第１刷発行

著　者　岡村 光章
発行者　瓜谷 綱延
発行所　株式会社文芸社
〒160-0022　東京都新宿区新宿1－10－1
電話　03-5369-3060（代表）
03-5369-2299（販売）

印刷所　図書印刷株式会社

ISBN978-4-286-24914-8